A MONSEIGNEUR
LE DUC
DE BOURGOGNE.

**P**RINCE, *ſi vous daignés d'un*
régard favorable

Honorer de nos Vers les ſincéres
Tributs

Vous verrés, pour tout ordre, un mélange
excuſable;

Peut-être pourrez-vous le trouver agreable,

Quand vous verrés nos Cœurs dans nos Vers
répandus.

De mille ſentimens la foule nous partage,

(Le N° surmonté d'un ° indique
les anciens.)

Ye   4113

RECUEIL
DE
QUELQUES PIECES
DE POESIE
FRANÇOISES ET LATINES,
A L'HONNEUR
DE MONSEIGNEUR
LE DUC
DE BOURGOGNE
ET
DE MONSEIGNEUR
LE DUC
DE BERRY,
PRESENTE'ES A LYON
A MONSEIGNEUR LE DUC
DE BOURGOGNE,
Par le College de la Compagnie de JESUS.

A LYON,
De l'Imprimerie de MARCELLIN SIBERT, ruë Confort, à l'Epée Royale.

AVEC PERMISSION.

A MONSEIGNEUR
LE DUC
DE BOURGOGNE.

*RINCE*, *fi vous daignés d'un régard favorable*

Honorer de nos Vers les fincéres Tributs

Vous verrés, pour tout ordre, un mêlange excufable;

Peut-être pourrez-vous le trouver agreable,

Quand vous verrés nos Cœurs dans nos Vers répandus.

De mille fentimens la foule nous partage,

Et tient nos Esprits suspendus.

Le respect nous retient , l'amour nous encourage.

Vous aurez de nos Cœurs, PRINCE, une vive
   image ,

En voyant de nos Vers le mélange confus.

D. D. C. J.

A MONSEIGNEUR
LE DUC
DE BOURGOGNE.

STANCES IRREGULIERES.

NFIN deux grandes rivales
Viennent de se réünir,
PRINCE tu viens de finir
Leurs divisions fatales ;
Toy-même au gré de nos vœux
Tu viens de serrer les nœuds
De cette heureuse Alliance ;
Et PHILIPPE est pour jamais
Entre l'Espagne & la France
Un sûr gage de la Paix.

A

Mais j'entens le bruit des armes

Qui vient troubler ce répos,

Avons - nous d'autres rivaux ?

D'où nous viennent ces allarmes ?

Ah ! c'eſt l'envie en fureur

Qui gémit de la grandeur

Où malgré ſa jalouſie

PHILIPPE a ſçeu parvenir :

Mais cette lâche ennemie

Que peut-elle qu'en gémir ?

Elle oſe exciter la flamme

Dont tu vas la conſumer,

Et je vois de ta grande Ame

Le feu prêt à s'allumer.

Déja ta Valeur oiſive

Soûpiroit d'être captive

Dans les liens de la Paix :

L'ennemi rompt la barriére

Lui-même ouvre la carriére

Et tes vœux font fatisfaits.

❧❧❧ ❧❧❧

Quelque ardeur qu'ait pour la gloire

Le cœur d'un jeune Heros,

Le tien eût à la Victoire

Préferé nôtre répos :

Mais le Démon de la Guerre

S'empare encor de la Terre,

La Paix ni peut plus tenir ;

Elle fuit ; & fur fa nuë

Je la perds déja de vüe ;

Va la faire revenir.

❧❧❧ ❧❧❧

Armé du fatal Tonnerre

Que LOUIS te met en main

Force l'inquiet Germain

A ne vouloir plus de guerre ;

Que sans attendre tes feux

Il consente d'être heureux,

Et qu'au seul bruit de ta foudre

Tout l'Empire épouvanté

Craigne d'être mis en poudre

Et recoure à ta bonté.

PRINCE alors si tu r'appelles

Les exemples de LOUIS,

Tes yeux sans être éblouïs

Verront la palme en javelles ;

Et préferant l'Olivier

Au plus florissant Laurier

Tu rendras même à l'envie,

Malgré ses noirs attentats,

La Paix qu'elle aura ravie

A nos tranquilles Etats.

⁕⁕⁕⁕

Lex Jeux, les Ris, l'Abondance

Sur tes pas à ton retour

Se retireront en France

Pour y fixer leur ſejour :

La diſcorde avec ſes crimes

R'entrera dans les Abymes

Pour n'en reſſortir jamais :

Le calme en nos champs fertiles

Et la vertu dans nos Villes

Seront les fruits de la Paix.

⁕⁕⁕⁕

Puiſſe le Dieu qui m'inſpire

Te ſuivre dans les Combats,

Et tout ce qu'il me fait dire

S'executer par ton bras ;

Puiſſe l'Oracle fidelle

Eſtre auſſi ſûr que mon zéle ;

Puiſſent mes yeux ſatisfaits

Enfin aprés ta victoire

Se repaître de ta Gloire

Et voir encor tes attraits.

A D

SERENISSIMUM
BURGUNDIÆ DUCEM,
DESIGNATUM
IMPERATOREM.

O D E.

REGALIS ergo prodiga Sanguinis
Ardore fervent pectora bellico :
   Nec te cruentæ dira cædis

      Terret imago, furorve Martis.

Ergo irretortâ fronte minacibus
Belli periclis objicies Caput

Orbi verendum, digna Proles,

   Laudis iter relegens Avitæ.

Gaudens PHILIPPO difcat Iberia,

Poftquàm recentis fulget amoenior

   Imago Regni, non vereri

    Ambiguo fluitare cafu.

Regna, PHILIPPE, & quod tibi candidum

Fortuna tempus dividit, hoc frui

   Pergas. Truces quamvis Batavi

    Bella fremunt, minitanfque nubes

Caliginofis miffa paludibus

Vanis remugit fœta tonitruis,

   Nil allabores ; ecce Miles,

    Ecce tibi Pugil, ecce Ductor.

En Sol recenti Lumine tollitur

Latè fonàntis fulmina turbinis

   Diffolvet, & cœlo minacem

    Difcutiet radiis procellam.

Proh ! quantus armis ; quantus ab impigro

Surgens Caballo vocibus agmina

    Dextrâque ducet ; quantus enfe

      Per Batavas juvenis Phalanges

Deliberato geftiet impetu !

Cordi fuperbus feu calor incidat

    Certare ferro, feu repenti

      Mœnia disjiciat ruinâ ;

Seu promptus omnem cæde cadentium

Confternat agrum flulmineâ manu:

    Nec degener Martis Paterni

      Non humiles fubeat Labores.

O Gentis ingens B O R B O N I Æ decus !

O Germen almæ nobile Galliæ !

    Et Liliorum fpes fecunda,

      Hefperii columenque Regni.

Te tollet altum fama perennibus

Manfura Geftis : Martia id indoles ,

Fatique ſpondet nutus, & quæ

De tenero meditaris ungue.

A. C. S. J.

URBS LUGDUNENSIS

A D

SERENISSIMUM

DUCEM BURGUNDIÆ.

O D E.

UALEM Gelonis emicantem parciùs
    Titana, diffufus chorùs
Veri falutat gaudii tripudiis,
    Miratus infolitum jubar:
Te, Gallici folis decoram imaginem,
    PRINCEPS, ovantes cernimus.
Audis ut almis cuncta refonant plaufibus?
    Feftis vides ut ignibus

A

Urbs lucet ; ars mentita siderum faces
    Diem fugacem detinet?
Hinc nosce, quàm te colere certent æmulo
    Amore & observantiâ.
Te quærit omnis plebs, repertum suspicit:
    Te lecta nobilium cohors,
Mavortis & Minervæ alumnis inserit :
    Heros vocaris indole ,
Spe diceris Lodoix. Quid hostes Galliæ ,
    Sani parùm, molimini?
En hic, retundere impetus vestros parat ,
    Qui regna pacificus obit.
En cui, triumphos rite mox meritos canam :
    Quæ subruendis arcibus
Multùm adjuvant, exercet artes, has amat :
    Ardet Gradivi filius
Probare factis, quod puer sub porticu
    Versalliânâ dixerat:
MIHI NON ALEXANDRUM EST ANIMUS, AUT CÆSAREM,
    SED AVUM REFERRE MORIBUS.

Referes Avum : difces ab illo, Belgium
    Manu magiftrâ vincere.
Referes Patrem : ferique pulfi Teutones
    Magnos remittent fpiritùs.
Utrumque refer : & gens pati fræna infolens,
    Facilis dabit collum jugo :
Secura per te Maria divitis Indiæ,
    Gallus & Iberus inftitor
Ratibus fecabit ; tibi datâ pro copia
    Grates rependet & Deo.
Quid bella memorem, quidve timeam, te duce?
    Me cura major occupat :
Hîc tardus ades, adeffe fed diu velis :
    Bonum, beare nos, decet.
Tepens Eois Zephyrus, efto promptior
    Redux ab oris ; pulchriùs
Hortos adornet Flora flore præcoci;
    Venti, nives, pluvia, in meum
Sævire nolint hofpitem, fic impero;
    Sic publica falus poftulat.

Invitus audis vota mollia : frigore

  Decerpta laurus jam placet.

I, fedulus ab Avo & Patre exemplum petens,

  Victoria tibi fit comes ;

Pugnæque Frater focius & fit gloriæ ;

  In cujus ore, gratiæ

Sedent decentes : hunc precamur exteris

  Se fe videndum differat,

Quem fi femel cernant, perit tibi, Gallia,

  Tutamen & decus alterum.

       P. B. S. J.

AU ROY,

SUR MONSEIGNEUR
LE DUC DE BERRY.

STANCES
EN VERS LIBRES.

D U Ciel qui te chérit la faveur liberale ,

T'a voulu dans quatre ans donner trois petits Fils.

Ne croy pas cependant, LOUIS,

Que la rare bonté qui pour toy se signale ,

Soit pour l'interest seul de ta race Royale ,

Dans ces faveurs du Ciel tout l'Univers compris,

Doit partager un si beau prix.

A

Tu dois former des Roys pour le reste du Monde,

    Tes Fils sont nez pour son bonheur,

Comme on voit du Soleil la lumiere feconde,

Estre pour l'Univers plus que pour son Auteur.

Déja l'heureuse Espagne a P H I L I P P E pour Maître,

Tu destines L O U I S, au bonheur des François.

C H A R L E S mérite un Trône, & le Ciel l'a fait naître,

Pour ressembler en tout au plus parfait des Rois.

De ce Heros naissant le beau feu, le courage,

Qui répond à tes soins & devance son âge,

Vont bien-tôt t'attirer des vœux interessés,

Et de mille vertus le parfait assemblage,

Entrainant les esprits par l'estime forcés,

Le feront demander pour unique partage,

    A trente Peuples empressés.

Ne pense pas, GRAND ROY, que de foibles augures

Me fassent égarer en vaines conjectures :

Bien-tôt CHARLES brigué dans vingt lieux à l'envi,

Ne nous fera que trop ravi,

Et l'Espagne, en dépit de nos justes murmures,

Ne verra que trop tôt son exemple suivi.

Si ce Prince avoit moins de charmes,

Nous aurions moins à nous troubler,

La France quelque jour verseroit moins de larmes,

Quand l'Empire ou le Nord, viendront l'en dépoüiller.

Sur son Auguste front sa bonté répanduë,

Des transports les plus doux nous anime à sa vüe,

Et la candeur qui suit ses pas,

Fait briller dans ses yeux & dans son air sincére,

De l'aimable vertu le charmant Caractére.

Mais pourquoy t'applaudir de voir CHARLES l'amour,

Et de ton Peuple & de ta Cour,

Tous ces dons répandus sur son Ame Royale,

Seront le grand motif & la caufe fatale,

Qui nous le fera perdre un jour.

D. D. C. J.

BURGUNDIA
DUCI SUO
SERENISSIMO
PARISIOS NUPER
PRÆTERMISSIS
BURGUNDIONIBUS
COGITANTI.

ERGO' fugis magne ô BURGUNDI
nominis Hæres !

Nec dabitur noftro Principe poffe
frui !

Siccine te placidos populis avertere vultus !

Sic tibi fum nullo jam numeranda loco !

A

Gens alias inter curæ tibi credita gentes,

    Speraſſet Domino charior eſſe ſuo.

Vidimus Hiſpanos ſibi Gallum poſcere Regem,

    Res nova, vix ullam res habitura fidem !

Gallum poſcit Iber ; non ſe ſubducit Ibero

    Gallus ; Iber Gallum quem ſibi poſcit, habet.

Te voco ; tu dudùm B u r g u n d i s omnibus unus

    Poſceris , & ſurdâ reſpuis aure preces !

Compos Iber voti eſt ; tua tu mihi ſubtrahis ora !

    Quò noſtri à tanto pectore fûgit amor ?

Hei mihi ! quo potui fieri tibi crimine vilis ?

    Quid procul hinc aliam cogit inire viam ?

Quid malè peccavi , niſi ſi culpanda videbor

    Sæpiùs in laudes fertilis îſſe tuas.

Id mihi ſi vertis ſceleri , tot crimina feci

    Quot numeres toto ſydera ſparſa polo.

Finge fuiſſe ſcelus cytharâ celebraſſe merentem ;

    In noſtri partem criminis ipſe venis.

Mille tibi fundunt bene prodiga Numina dotes,

    Milleque das calamis facta canenda meis.

Tu laudum fegetem, calamos Burgundia præbet;

    Si rea vifa fui, criminis author eras.

Ira cadat; faciles ah! ne mihi fubripe vultus;

    Si qua paranda mihi pœna, paranda minor.

Lugdunum tangis Burgundi limina Regni,

    Et Regnum potis es vifere nolle tuum!

Penè erat optandum procùl hìnc, & longiùs ires,

    Vicino gravior pœna carere bono.

En mifer infidis malè Tantalus uritur undis,

    Et fitit, & latices mallet abeffe procùl.

Haud fecùs optati vicinia P R I N C I P I S urit,

    Si procul ille aberat, pœna futura minor.

Quid tua regna fugis, te fufpirantia regna:

    Illa nihil quod te jam remorentur habent?

Non ego fic magno defpecta videbar Iulo:

    Cæfareo fuimus littora digna pede.

Nunc Dominoque, Ducique ſuo mea Divio ſordet ;

    Spreta, Matiſco, tui nùnc jacet uva ſoli.

Cæſare major A V U S redimitaque tempora lauro,

    Laurigeraſque manus cernere, & ora dedit.

Tene ſequi pigeat? quid A V O ſublimius orbis

    Quod tibi proponat, quodve imiteris, habet?

O mea lux, mea vita veni ; te vota tuorum,

    Te poſcunt lacrymæ ; ſit mora nulla ; veni.

Hoſpes Apollo ſuis gaudet ſuccedere Delphis,

    Cernis, ut exemplo te docet ille ſuo.

Dat Capitolinis ſua Jupiter ora tueri

    Montibus, unde ſibi nobile nomen habet.

Ore refers, habituque Deos ; tu ſanguine Divûm

    Natus ; tu Divûm mentem, animumque geris.

Omnia tu Divûm ſimilis ; tua viſe vocatus

    Regna, refer magnos hâc quoque parte Deos.

Tantane te fidæ capiant oblivia gentis?

    Sic fallis lacrymas, ſanctaque vota jacent?

O tua fi lacrymis mitefcere pectora poffent,

    Jàm lacrymis effent mitia facta meis.

Afpice largifluis manat fons uber ocellis;

    Intumuit lacrymis en Arar ipfe meis.

Orbis amor, mea cura veni ; te littora pofcunt,

    Ingeminantque Ducem concava faxa fuum.

Sed quis io dulcis fubitò mihi nuncius aures

    Demulcet ? lætam quis jubet ire diem ?

Audior ô fœlix, mea tandem ô vota valebunt :

    PRINCIPIS optato fas erit ore frui.

Protinùs excipiant prifcos nova gaudia luctus ;

    Lætitiæ, populi, libera vela date.

Vivat io clament pueri, longùmque puellæ

    Vivat io clament undique, vivat io.

Stelliferis rutilent feftiva Palatia lychnis,

    Irriguoque fluant compita læta mero.

Vota valent, lacrymæque Ducem potuere mereri.

    Grande fuit luctus fæpe iteraffe, lucrum.

Si flebam quoties , toties me tanta manerent

    Præmia ; quàm lacrymas fundere dulce foret.

                      P. F. S. J.

A MONSEIGNEUR
LE DUC
DE BOURGOGNE,
DEVISE,
UN PARELIE

Avec ce mot d'Horace, ALIUSQUE ET IDEM.

DU grand Astre du monde en moy l'on voit l'image ;

Formé par ses rayons, animé de ses feux,

De ses traits les plus glorieux

Je renferme en mon sein un brillant assemblage.

J'ay toute sa Vivacité,

Son éclat & sa Majesté ;

La ressemblance entre nous est extrême :

On peut dire avec verité,

Que je suis UN AUTRE LUY-MESME

F. P. J.

A MONSEIGNEUR

LE DUC
DE BOURGOGNE.

MADRIGAL.

PUISQUE déja Bellone a pour vous des
    appas ,

Allez, PRINCE, affrontez les horreurs de
    la Guerre ;

Bien-tôt les coups de vôtre bras

    Etonneront la Terre.

Combattant pour l'honneur des Lys ,

Pour PHILIPPE & pour vôtre Gloire,

Sous les auspices de LOUIS,

Peut-on doûter que la Victoire

Prête au moindre signal à suivre les Heros ,

    Ne se range sous vos Drapeaux ?

A MONSEIGNEUR

LE DUC
DE BOURGOGNE.

QUATRAIN.

CENT peuples ennemis & du Tage & du Rhone

Contre PHILIPPE en vain s'empreſ-
ſent de s'unir :

Vous l'avez conduit ſur le Thrône ;

Vous ſçaurez bien l'y maintenir.

C. D. S. J.

LE DUC
DE BERRY
AU ROY.

TANDIS que par ta prudence

Des Hollandois mutinés

Et des Germains étonnés

Tu préviens la vigilance ;

Laiſſe au milieu des Combats

Agir ma Valeur naiſſante ;

Elle ſera Triomphante

Si tu veux guider mes pas.

A

꧁꧂

Mon Cœur en secret s'avance
Vers ces lieux Marêcageux ,
Où rempli de confiance
Le Batave audacieux
Voudroit empêcher la France
De rendre l'Ibére heureux :
Déja mon Bras le terrasse ,
Déja ces fiers ennemis
Encore une fois soûmis
Viennent te demander grace.

꧁꧂

Si je préviens tes soûhaits
Par ma vive impatience ;
Tu sçais par experience
Combien la Gloire a d'attraits :
Le Sang des BOURBONS murmure
D'être long-temps en repos :
Ce n'est pas te faire injure
D'être à mon âge un Heros.

Auſſi Jeune qu'Alexandre
Sur les fameux bords du Rhin
Mon Pere ſçeut entreprendre
D'abbatre le fier Germain :
D'une perſonne ſi chére
Malgré tout l'amour de Pére
Tu ſecondas le grand cœur;
Ah ! je ſuis moins neceſſaire
Et je n'ai pas moins d'ardeur.

Un jour dans l'heureuſe France
Mon Frere doit Gouverner;
Dans le grand Art de Regner
Qu'il égale ta prudence ;
Qu'il s'inſtruiſe auprés de Toy;
Je lui cederai la Gloire
Et les fruits de la Victoire ;
Les Travaux ſeront pour Moy.

Que fi fa Valeur extréme

Semble à mes Vœux s'oppofer ;

Si prodigue de lui-même

Il s'obftine à s'expofer ;

Satisfais à fon attente,

Mais qu'il ne refufe pas

Un Frere qui fe contente

De pouvoir fuivre fes pas.

F. G. J.

MARS
AD SERENISSIMUM
DUCEM BURGUNDIÆ.

BELLORUM pater & quietis ofor,

Vultu depofito feveriore,

PRINCEPS, hæc tibi verba pauca jactat,

Quis rumor pepulit moleftus aures?

Ecce plurima difco, bellicofo

Deteftata Deo : places honore

Vultûs, ingenio places polito,

Et morum pariter fuavitate,

Omnis Gallia te fuos amores,

A

Suas delitias amat vocare.

Hæc dum fama recens refert , canitque,
Pectus continuò æstuavit irâ:
Hic , dixi , populos reget perenni
Ergò pace suos ! nec acer hostes
Quæret vincere ! vilis omnis illi
Belli gloria , Martis & labores !

Quis rumor pepulit secundus aures?
Summus scilicet imperator , hostes
Quæris vincere, dulcis est & omnis
Belli gloria, Martis & labores.
Expugnare paras tremendus arces ,
Mollis prælia displicent palæstræ ,
Duræ militiæ subis pericla.
Quantam lætitiam mihi tulere ,
Grandi quæ modò voce protulisti !
Aulæ vos placidi valete lusus ,
Armorum rigidi venite plausus.

Dum te BORBONIUM genus probabis,

Invictum tibi me probabo Martem.

Novi fortibus esse liberalis,

Heroum soleo fovere natos.

Audax ergò velis obire pugnas,

Et bello tumidos petas Batavos :

Fortunam tibi militare cernes ,

Et Victoria te comes sequetur.

Esto , te varius lacessat hostis,

Crescet materies tui triumphi.

Marti credito tutus asserenti :

Avo grandia pollicebar olim ,

Patri grandia pollicebar olim ;

Num promissa memor superba solvit

Bellorum pater & quietis osor ?

P. B. S. J.

ORACLES
D'UN VIEUX DRUIDE
DE LYON.

DEPUIS plus de mille ans dans ma Grotte
profonde,

Je vivois prés d'un Chêne auſſi vieux que le
monde,

Coronné de mon Guy je coûlois d'heureux jours,

Et rien de mon répos n'interrompoit le cours.

Lorſque par un pouvoir ſuprême

Pour apprendre aux Mortels les deſtins d'un Heros

Dont j'étois étonné moy-même

Je ſortis de mon Antre, & troublai mon répos.

J'ay conté dix fois * quatre années,

Dépuis qu'inſpiré par les Dieux

J'annonçay de LOUIS les hautes deſtinées,

Et décrivis ainſi ſes Faits prodigieux.

* Le Roy
vint à Lyon
en 1658.

A

Tu Regneras long-temps fur la Terre , & fur l'Onde ,

PRINCE , tu vaudras feul tous les Heros paſſés ,

On verra leurs Exploits par les tiens effacés ,

Tout, de force , ou de gré , dans l'un & l'autre monde

Potentâts , Souverains , Alliez , Ennemis

A tes pieds , à tes Loix , humiliez , foûmis ,

  Tout favoriſera ta Gloire ,

  Printemps , Automne , Eſtés , Hyvers

  Tout fera briller ton Hiſtoire ,

Et de ton nom fameux remplira l'Univers.

Le Ciel à ta grandeur n'oppoſe point d'obſtacles ,

Ton Regne ſera long , & fertile en miracles ,

Les Dieux t'ont confié le deſtin des Mortels ,

Et tu rendras aux Dieux leur culte , & leurs Autels.

  Grand dans la Paix , Grand dans la Guerre ,

Des Royaumes , des Rois Protecteur glorieux

Tu fixeras fur Toy tous les cœurs, tous les yeux.

  Et tandis qu'avec ſon Tonnerre

  Jupiter reglera les Cieux ,

Ton partage ſera de gouverner la Terre ,

  Perſonne ne le fera mieux.

Icy le Rhône & ſa Nymphe ravie

Se Levêrent pour m'applaudir.

Et l'envie en parut frémir.

Mais malgré la jalouſe Envie

LOUIS à ſçû tout accomplir.

Jamais Regne plus long, jamais plus belle vie.

Mais qui m'inſpire encor ? des Souveraines loix

   Je perce les ſecrets une ſeconde fois.

De DEUX JEUNES HEROS l'étoile dominante

Me montre de hauts faits une ſuite étonnante,

Et le temps amenant tout ce que je prévois,

L'Univers empreſſé les voudra pour ſes Rois.

Allez, JEUNES HEROS, entrez dans la carriére,

De nos vaſtes Etats éloignez la frontiére.

La Victoire par tout marchera ſur vos pas

On verra tout plier ſous l'effort de vos bras.

Vos Troupes ſous leurs Chefs à vaincre toûjours prêtes

Feront ſur vos Rivaux d'éternelles Conquêtes.

On reverra dans Vous l'invincible LOUIS.

Héritiers de ſon ſang, & de ſes deſtinées

Vous ſçaurez rappeller ſes plus belles années

Par vos ſuccés heureux , par vos faits inoüis.

Les Peuples à l'envi , les Nations unies

Voudront goûter un jour la douceur de vos Loix ,

Et les Guerres enfin dans l'Europe finies

Seront le fruit de vos Exploits.

Vôtre ayeul , vôtre Pere environnez de gloire ,

Ces Princes que jamais ne quitta la Victoire ,

Des faits que je prédits pourroient être jaloux ,

S'ils ne réconnoiſſoient leur propre ſang dans vous.

Avant que de rentrer dans ma Grotte profonde ,

J'annonce à l'Univers pour la derniere fois ,

Que de Vous les Dieux ont fait choix ,

Pour être les Maîtres du monde.

Vous y ferez renaître une charmante Paix.

Mais , PRINCES , travaillez à la rendre éternelle.
que rien ne la trouble Jamais.
Je vous réponds d'une Gloire immortelle.

C. G. J.

A D

SERENISSIMUM
BURGUNDIÆ DUCEM.

EPIGRAMMATA.

ARA Lugdunensis.

UI Lugdunensem quondam dixistis ad
aram

    Victores, stygiis hùc remeate plagis :

Ora aperire novis dabitur rediviva loquelis ;

    Augusto Princeps auspice major adest.

PONS RHODANO IMPOSITUS.

ÆTITIA totus fremit exultantibus undis,

Et tibi Pons famulas subdere gestit aquas.

Ingredere ô PRINCEPS, & te communibus urbis

Da studiis, ne avidos temne subire sinus.

Hæc Pontis moles ingens, immobilis annis,

Quæ neque nunc tanto sub Duce pressa labat

Sit testis, Ducis & monimentum insigne recepti ;

Firmaque sint memori pectore saxa minùs.

J. J. S. J.

A MONSEIGNEUR
LE DUC
DE BERRY.

MADRIGAL.

QUAND malgré mille efforts jaloux & temeraires

Le Ciel a deftiné vos deux Auguftes Freres

A partager entre eux deux floriffants Etats ;

En même temps fes Loix fuprêmes

Ont ordonné que vôtre Bras

Fût l'appui de leurs Diadêmes,

PRINCE, il n'eft pas plus glorieux

D'en porter un, que d'en foûtenir deux.

C. D. J.

COMPLIMENT
A MONSEIGNEUR
LE DUC
DE BOURGOGNE
ET
A MONSEIGNEUR
LE DUC
DE BERRY

Par un jeune Rhetoricien.

PRINCES, pour Vous les Peuples font en fête.

Mais tandis que de tous les cœurs

Vous vous rendez par tout l'un & l'autre Vainqueurs,

Je puis fans faire le Prophéte

Répondre que dans peu fur vos fiers ennemis

Vaincus, humiliez, foûmis

Vous ferez bien d'autres Conquêtes.

Vos Troupes fous vos yeux à vaincre toûjours prêtes

Feront bien un autre fracas.

Que ne pouvors-nous fur vos pas

A l'Ennemi pour Vous offrir nos jeunes têtes !

Nos ans ne le permettent pas.

Nos vœux, nos vers, nos cœurs font les feules richeffes

Dont il nous eft permis de faire des lar-
geffes.

Dez-que propres pour les Combats

Nous pourrons affronter les horreurs du trépas

Et fuivre avec Vous la Victoire ;

PRINCES, Vous nous verrez toûjours au premier
rang

Sacrifier à vôtre gloire

Nos biens, nos jours, & nôtre fang.

C. G. J.

COMPLIMENT
A MONSEIGNEUR
LE DUC
DE BOURGOGNE.

IGNE objet de la complaisance
Du plus Grand Roy de l'Univers,
PRINCE, l'amour & l'esperance
De cent & cent peuples divers,
Je ne viens point ici d'une voix importune
T'accabler du recit de tes propres Vertus ;
Assez d'autres sans moy par leur zéle déçûs
    Et suivans la Fureur commune
Pour te plaire, prendront le soin de t'ennuyer.
Ce n'est pas mon dessein de les justifier ;
Cependant si j'osois encore les défendre,

A

Je dirois que peut‑être ils n'ont pas tout le tort ;

Que c'eſt à Toy qu'il faut s'en prendre

De ces excés de leur tranſport.

Pourquoy fais‑tu briller à leurs yeux tant de charmes ?

Peut‑on voir ſans être enchanté

Cét air Majeſtueux, cette douce Fierté,

Cette vive Ardeur pour les Armes

Jointe à tant de Maturité ?

L'un eſt frappé de ta Sageſſe ;

L'autre de ton Eſprit vif & plein de juſteſſe

Autant que de ſolidité :

Tel de ta charmante Bonté

Se ſent d'abord l'ame ſaiſie ;

Tel de ton vaſte & grand Génie

Eſt ſurpris, eſt épouvanté :

Et chacun ſe livrant à l'ardeur qui l'anime

D'un tas de complimens te vient aſſaſſiner,

Et te rend ainſi la victime

Des tranſports que tu fais en tous les cœurs regner.

Pour moy que le foin de te plaire

Occupe & touche uniquement,

Malgré tout mon empreſſement

Je ne puis à tes yeux qu'admirer & me taire.

F. P. J.